joaquim bührer

29, morador da capital de SP mas nascido em Itapeva, interior do Estado, é professor, comunista, militante antifascista e só aí poeta. É autor de *triângulo,* também pela Editora Urutau. Você consegue encontrá-lo em uma dezena de coletâneas, sites e revistas por aí. Ainda faz uso do tumblr e costuma postar com certa regularidade no *seasickpoetry.tumblr.com.* Lá também destila críticas sociais foda.

EU TENTO SER GRATO, PATRÃO,
EU TENTO SER GRATO SIM, PATROA

joaquim bührer

editora Urutau
primeira edição
2022

O —

editora Urutau

rua do cajú, 478,
jardim das cerejeiras
06724-015
cotia-sp (brasil)

rua manuel pacheco nobre, 128 - 5º esquerdo
2830-080
barreiro (setúbal)
portugal

[+351] 928053619 [portugal]
[+55] 11 9 4859 2 426 [brasil]

www.editoraurutau.com.br
contato@editoraurutau.com.br

[EDITORA]
debora ribeiro rendelli
[REVISÃO]
juliana palermo
[PROJETO GRÁFICO]
wladimir vaz
[COORDENAÇÃO GRÁFICA]
tiago fabris rendelli
[DIAGRAMAÇÃO]
victor h. azevedo
[CAPA]
victor h. azevedo, sobre iluminura do tractato nobilissimo della prudentia et iustitia

dados internacionais de catalogação na publicação (CIP) de acordo com ISBD

bührer, joaquim
B931e eu tento ser grato, patrão, eu tento ser grato sim, patroa / joaquim bührer.
— cotia : urutau, 2022. 52 p. ; 14cm x 19,5cm.

ISBN: 978-65-5900-362-4

1. literatura brasileira. 2. poesia. I. título.

2022-3191 CDD 869.1
CDU 821.134.3(81)-1

elaborado por vagner rodolfo da silva - CRB-8/9410

sumário

Dedicado à Patrícia Campolim de Almeida
que trabalhou a vida toda, tentou ser grata, mas não
conseguiu. Ainda bem. Obrigado, mãe.

*

meu segredo mais bem guardado, minha vingança sagrada diante do mundo

é a sublime e consciente certeza de que de todas as formas possíveis, de que de todos os jeitos capazes, eu não vou morrer nunca é trabalhando, e nunca nem jamais trabalharei morrendo, não,

de jeito nenhum.

faço isso mas faço

contra toda a minha consciência infernizada e também contra todo o meu eu menos sutil e somente a favor da única parte ainda viva em minha pobre alma trabalhadora em minha miserável essência que é capaz de tudo e

portanto sei

que pode ser em qualquer hora do dia ou da noite, que pode ser

sentado, deitado ou de pé, mas eu prefiro

morrer é fugindo ou caindo em mim eu prefiro morrer de infarte ou de falha nos rins eu prefiro até tropeçar na fossa enquanto corro e posso até

morrer na Sé comprando um atestado, mas nunca, mas

nunca, morrerei eu em serviço; assim,

prefiro eu que'u

morra com todas as dores abdominais do mundo ou que sucumba matando os homens fortes da burguesia nacional e até que seja num assalto de quinta subindo a escadaria no Viaduto do Chá

mas dentre todas todas as possibilidades e ingerências, do menos ao mais concreto, eu sei não morro nunca é no batente, que não dou jamais esse gosto à chefia, que não entrego em suas mãos o único tempo que ainda escolho em minha vida,

e que será assim,

dessa única triste e solitária forma de poesia,

que sei que, se morrer, quando for,

morro ao menos orgulhoso

e feliz

dessa gloriosa e última rebeldia.

*

mais um domingo de Brasil e
prestes a dormir as demandas todas me invadem a mente

é incrível
estar trabalhando, agradecer por isso, sorrir por isso, mas
sabe?
é que...

é que acontece que já nem me lembro mais do motivo.
mas veja, assim, eu
tento ser grato, patrão, eu tento ser grato sim, patroa, eu tento,

só que aqui, na clivagem entre o domingo e a segunda, nesse hiato,
quando essas tuas demandas todas me voltam à mente...

só uma coisa lateja e lateja, constância, só uma,

sabe?
eu estou falando daquela senhora que às 21h30 da sexta-santa me
implorou para vender pano de prato
estávamos
na porta de uma rede de mercados 24 horas,
era eu, ela, a fome,

a cidade de São Paulo
e o vírus.

te juro.
é, foi sim, patroa. foi sim.

também queria que você estivesse lá pra ver, patrão. não. ela não me pediu nada, não. queria só vender mesmo. 21h30 da noite. sexta-feira santa. é. uhum.

ah, eu? não, eu não comprei nenhum, não.

é?
você acha que eu devia? sério?

ahm. é mesmo.

não pode parar, né?

bom, se é, se você diz, né, então,
então é isso,

é. melhor que nada mesmo, né?
é melhor que nada.

*

é como a morte de um deus

ela tira um litro do leite Hércules do balcão do caixa e para

pensa, pensa, e de mãos no queixo sinto ela calculando um pouco mais

subitamente, confere tudo e vem a decisão:

olha para a moça do caixa e tira o óleo também

não pede sacolas, não

teremos suco Tang no final de semana, teremos pó achocolatado mágico para os dois litros de leite que sobraram, nenhuma mistura

junto da mão que entrega as notas e moedas contadas

é como se morresse um deus

para que outro nascesse

*

toda vez que a tv aberta me desliga a janela e no jornal da timeline
se gritam as notícias

toda vez que um amigo me liga

que eu faço um café ouvindo os podcasts chorarem

toda vez que *oas* poetas que amo constroem frases novas

que tentam e encontram os únicos motivos valentes

se conjuntam, na minha cabeça,

as tais vírgulas e o que vem entre elas

lembrando, lembrando

que não há mais, infelizmente, não há mais

pra onde rir

*

você também tá vendo?

a lágrima dura o fio da navalha a corda qué bamba o tambor que rumina e o grito longo de guerra atravessando a espinha?

note que não há glória nenhuma nesse caminho, não há tradição nem pudor nem sorte, nem nada, foi tudo tudo mentira

qué vê?

a senhorinha deve ter uns sessenta e alguma coisa mas sim aparenta um tanto mais de setenta —

cansada e de óculos caindo no nariz

foi ela que me entregou a pizza borrachuda do Pizza Hut no shopping bem naquela hora em que meu avô provavelmente estaria dormindo se estivesse vivo

e aí, já bateu?

adiante com o

tiozinho

ele tem seguramente seus cinquenta e cinco anos ou mais ou menos bigodudo como foi meu professor de matemática ou um dos amigos da minha mãe

— mas foi ele quem me entregou as cervejas pelo Zé Delivery na noite chuvosa de quinta ao invés de sentar e assistir ao Jornal Nacional e reclamar sei lá dos buracos da rua todos

parece que caiu alguma coisa, mas alguém esqueceu de pegar

só que de tudo qué lado

é

na porta do mercado no sinal na farmácia duas três quatro cinco ou todas as vezes que saio
é família é moleque é senhora é tio é criança é muita muita criança mesmo
com doce salgado com bala e chiclete com oração e de placa com pano de prato e lavando vidro e pedindo e vendendo

Cristo do céu
é qualquer cacareco com ou sem pix
e vem tudo como uma brisa só que daquelas roubadas

ganhou?

e isso não te desvia o olhar do espelho nem que seja por um ou dois minutos?

não é o tipo de coisa que te faz aceitar o ladrão odiar a polícia ou lançar mão do pecado? não te põe a pensar no preço de uma barraca? no custo diário da pedra? em dormir na calçada? não te faz duvidar desse teu documento verde ou sequer passar um café pensativo?

então, é que

por muito muito mas muito menos eles já estão comprando armas

*

para Pedro Venturini

camarada, essa foi a primeira vez que olhei de verdade no fundo do copo e assim que vi

o balanço amarelado do álcool na meia-luz da sala, me veio você e

o choro guardado na garganta, me veio a saudade infinita de andar por aí e também chegou junto aquele medo infinito de mim

sabe?

cê sempre soube

é tarde

e daqui segue o fim a galope

sobretudo por isso, e com pressa, tentado pelo

jeito de São Paulo me dizer boa noite,

te agradeço pela média, pelo lance todo atravessando as madrugadas, nas ruas, por estar mesmo aí e te peço já de antemão todas as desculpas necessárias

mas é que foi sentindo o álcool, olhando agora no fundo do copo,
foi sentindo ele subir quando levantei a cabeça, camarada

que vi mesmo tudo me olhando de volta

*

é triste mas eu sou só isso daí mesmo

um rapaz esforçado, cinzas apagadas ou um homem e um cigarro, e lá para as 15h, tem vezes, eu também sinto pena depois volto a sentir uma raiva intensa e fina incapaz de me levar à rua ou de plantar uma árvore

sob o estado mínimo

mas

sabe, estou assim tão cansado de ser gauche e na vida
tão apático
que volto a aceitar tudo como é em vias de, talvez, me dar um toque
todo mundo precisa de um toque

ó:

um apartamentinho, um sem tempo de ir, um sem força de ser, um quase lá, tudo de antes feito junto com a barba, um tenso sentimento inacabado pronto para explodir em revés, uma insatisfação contínua sabe se lá por quê

aí, sobre tudo isso, a psicanalista acabou me perguntando: qual é o lugar desse homem que você quer ser?

antes eu tivesse mais clareza do homem que do lugar

é que se eu fecho os olhos consigo visualizar perfeitamente onde preciso descansar

*

diante da máquina, que haja tempo para nós
diante dela e desse tempo, que
tenhamos portanto paciência

mas
no lombo da prece

diante da coisa, diante da coisa em si mesma, abismada
no tempo imposto e na rigidez criada, nessa força toda etc. e tal
eu quero mais é ser adulto com você

*

ser uma graça em estado de metralhadora

tirar as balas do pente para chupar

ler a bíblia como se estivesse em um consultório

e defronte ou de costas à bandeira azul-vermelha-estrelada e seu hino da guerra, sempre cínico,

nunca vacilante

conspirar e sorrir antiamericanamente

*

para Pedro Venturini

quando olho para ti, camarada, sei que
cabe de chegar, alumiando a noite densa da humanidade
sei que
cabe de atravessar as explosões de raio a raio

abrindo o amanhã a machadadas, esculpindo a nova razão e o novo homem com as mãos, tomando o freio das rédeas, quebrando-o, juntando terra e horizonte acima,

ela

a nossa grande aurora

;

você coube no meu coração, companheiro, como quem adianta o relógio para andar no mesmo passo

como quem atrasa o caminhado para que os ponteiros cantem junto o despertar, ouvindo a mesma canção, sem saber,

"campesino, cuando tenga la tierra
le pondré la luna en el bolsillo y saldré a pasear"[1]

[1] *Cuando Tenga La Tierra — Mercedes Sosa (1973)*

não há nada que nos obrigue: se não o presente que dá luz ao possível, se não as bestas conversas e risadas, se não garrafas e limites abertos atravessando juntos o domínio inédito do sonhar

que o homem de areia nos presenteou a ambos sem pressa e sem grilo afinal, é só sobre isso, na esquina do tempo,

sonhar com as mãos e com onde se caminham as pernas, sonhar podendo fazê-lo, usar a cabeça para pensar sobretudo e além do tempo marcado da fábrica

que dominou o agora por medo do depois, que dominou o estado das coisas por medo da sua volta

no mundo livre

que se anuncia

;

cuidado com essa bomba atômica, irmão, aqui sou eu do outro lado estou infiltrado há anos e penso em ti quando fala ou quando esmaga,

há poder, e sobre ele há medo, mas sobre este há volta

e com essa também vem perigos o tempo todo

enquanto atravessa as ruas e as praças, enquanto põe naftalina nas redes de esgoto
enquanto limpa a alma
enquanto cria
seu irmão se preocupa;
mas

há de ter paciência, sou eu do futuro, daqui doeu, mas chegou
tem que ter cuidado, mas tem que ter amor
e isso te sobra,
e te transborda;

por isso, nessa sua volta orgulhosa em torno do sol, nessa etapa vencida, nessa força que anda,

sou feliz
ao te ver crescer e cortar e criar raízes
cortar e criar hábitos
eternamente em transformação,
sou feliz porque está feliz
do mesmo jeito que pensamos o próximo mundo

feliz
assim como queremos a terra, possível e
feliz
argila para o trabalho
cura para a nossa querida e amada
América Latina

*

desenhar foguetes

hasteado na beira do quintal do vô, um sem-fim azul de céu ilumina o abacateiro

rasgando o tecido, se anuncia um resto de avião que deixou a linha branca para quem quiser ver

oito anos depois de deixar essa cidade, o que ainda mais me deslumbra é a imensidão do espaço que dá fundo a esse azul

e para lá se voltam meus olhos de menino

desenhando com a mente os tais foguetes e suas cápsulas de curiosos cruzando o mar que separa o sonho

da calçada;

além de palavras, só sei desenhar isto:

planetas ao fundo, estrelas brilhantes, pessoas dentro de mísseis e rastros de fogo —

faz mais sentido o abacateiro, a rua morta, faz mais sentido a madrugada

e me imaginar cruzando a galáxia ainda alimenta o doce desejo de construir outro futuro;

mas o vô deita com dificuldades e me diz entre mais uma despedida que se Deus quiser nos veremos antes da próxima;

o silêncio da cidade combina com suas pernas doloridas, e sei que aquele meu saudoso sol de rachar incomoda suas retinas finas —

ele pergunta como vão as coisas, e eu conto sobre elas mas vejo um lírico e melancólico suspiro interno de quase um século sair daquele senhor;

com as mãos grossas, nascer antes dos anos 1930 apagou o céu de seu horizonte

quando tinha apenas 12 queria voar como eu quis

tirava leite antes do amanhecer e seu duro pai alimentava de lenha a ferrovia sorocabana

o desenvolvimento do Estado, a pobreza, o realismo, todos sabiam que ser aviador não era possível

ele lamenta ao me dizer que sua vida foi o contrário do infinito acima da sua cabeça:

— 'um buraco';

sessenta anos atrás:

ele já sabia que criar seu futuro independia de ônibus espaciais e que em 1969 seus filhos precisavam comer

só que não se faz isso com contagens regressivas e propulsor a jato

não se faz isso com as poucas stratus cirrus sumindo no azul, não se faz isso com tardes preguiçosas e livros bobos ou canetas soltas ao redor de olhos brilhantes e não se fazem ideias à la carte neste país;

hoje:

no papel da sua mesa eu desenho foguetes enquanto as balas de yogurte me lembram

de tomar toddy e ir para a escola e de acreditar que conhecer de frente o universo era mais sobre ser humano mas

a barriga vazia não serve ao sonho e até oito horas de sono não dão tempo ao possível e dias inteiros de trabalho têm me criado mais um desejo profundo pelo domingo do que pelo próximo ano e só tenho esses hiatos para pôr as lentes do guri sonhador —

e cada vez mais tenho os olhos dele para enfrentar o agora

construindo o motor que me tira desse outro buraco, eu não tenho 94 mas se chegar perto só terei cavado mais fundo em busca de propulsão e já sei que viver

viver aqui é destruir o infinito em nome do agora —

mas, além de foguetes, os verbos também vêm nas janelas brilhantes desenhadas

meu avô e eu, tantos nós, o céu e o abacateiro, o quintal de domingo, amanhã o trabalho e as pessoas nas ruas têm verbos voando na velocidade do som e rompendo obstáculos —

e sabemos que antes de alcançar Alpha Centauri

seremos cosmonautas construindo escolas e matando a fome

pensando em horários agora proibidos

desenhando o que será sem medo da segunda-feira e

antes, antes

sonhando o agora em nome do impossível.

*

João de trinta e dois
preso por uma hora em trânsito entre a Consolação e a Rebouças
ainda hoje:
de pé segura a bolsa e já pagou as parcelas do mês
mais tarde tem pão com apresuntado e queijo mussarela
episódio de Dark
tá juntando para comprar um PS4
ouviu dizer que a Europa é linda
viu todas as fotos da Tomorrowland
vibrou quando Vingadores passou Avatar
parcelou o Lolapalooza

ele
quer mudar as coisas
mas morre de medo quando ouve "ditadura do proletariado"
"muito radical", pensa,

"não dá pra ter uma Ferrari em Havana"

ele não quer perder nem seu emprego

e nem a liberdade

*

ofício dos ossos

abro a geladeira, grande dia (y)[2]

procuro uma caneta vermelha

são 12 horas ouvindo sussurros na orelha, eu sei
quando vou ao McDonald's e escuto a brisa repentina com dois avós e duas crianças
— o que foi que a professora disse? — *avô pergunta*
mergulham batata em ketchup :: a professora falou algo :: mas agora ela senta em casa ou na rua e em ônibus voa como bruxa, a professora das crianças :: mais mordida no lanche ::
mcassunto na tarde-noite de sábado,

— quem é que sou eu?

vamos adivinhar:

eu dito o que vocês vão conversar, atos simples, sim,
eu sei o que vocês vão dizer, oh, família incólume :: eu habito suas mesas e seus momentos e eu entro nos sonhos

---

[2] *(Y) é o atalho para 'joia' em emoji.*

assim,
a aluna me disse que sonhou que eu fumava maconha na sala de aula quando for liberado
não fui eu, mas
imagine a hipótese do sonho falado :: imagine o que um professor, o que eu, homem de areia, o que é que eu fui fazer na cabeça da criança de noite?
na inquisição sonhos eram provas de crimes e crimes eram provas de sonhos
o que eu fiz com o meu Twitter, postei no Instagram o que eu falo publicamente, como me portar, poema, *como portar poemas assim?*

se
sou eu o maior exemplo de gente atravessando no limite da faixa?
se faltam 3 segundos para o sinal bater :: se sou o hiato entre o que pode e o que acontece ::

eu sou a responsabilidade mas
se meu único osso fosse ensinar metamorfismo ou orogênese, se meu único desejo de relevo pudesse completar cadernos, se a vida não fizesse parte da sala de aula
onde são até 35 jurados de ofício ou mais

sem tudo isso
seria um pouco menos rápido ter medo;
porém, queridos, entendam que
um martelo batido no final de cada semestre é férias mais longas para alguns
— O que a professora disse, se a professora disse, como ela disse —
gole de Coca-cola

no McDonald's me lembro do que ouvi da aluna sobre como é frágil a CLT com outras palavras

Eu já estive do lado de lá, faca e queijo, acusador
comopode,comodeve,comoerra,comopensaumprofessorcomoum
dono da retórica e moral opina sem opinar

razão de doutrina :: um autor de livro, o Pink Floyd nos transformou em agentes da disciplina, o Foucault esqueceu que do elo-escola na macrofísica desse poder e as paredes, o lanche, a cadeira são mais certos que nós :: meu amigo,

o estrago que um professor ou livro te fez :: eu entendo :: ele é seu assunto até hoje :: de Santa Catarina até Hong Kong

eu também esperaria uma recompensa, eu também faria livros e poemas, eu também aproveitaria meu eterno direito de resposta depois da formatura :: eu peço que você entenda que desse lado hoje eu sei

que provavelmente *elea* só queria almoçar decentemente, sim,

infelizmente

ainda ecoa na minha mente a nazira minha e "blusa de drogado" e a foto, ainda ecoa eu nerd querendo ser menos :: mas transmite ao presente —> que efeito eu causei quando disse um palavrão, agora que efeito eu causei respondendo ríspido algum Rafael ou Ana, que efeito eu causo entrando na sala cantando *"living in my own world, didn't understand.."*

um professor emo

uma geografia do uso, um livro por cumprir, do tribunal me faço em palco e do palco quero aprender a invertê-lo e depois disso em palácio

eu amo meu

ofício, mas queria mesmo

era sentir que o mundo sou eu um pouco menos

*

são paulo, 20 de janeiro de 2019

na mímica, era para que os carros voadores atingissem a velocidade do som

peças cromadas substituindo braços e pernas, olhos mecânicos

portas com teclados verdes e

teclados sem símbolos, lentes projetoras e viagens no tempo
máquinas de impressão 4D de hambúrgueres

auroras boreais cruzando os céus

— tcshuuum

sem glúten

nem câncer

nem fome

porém, se você ganha mais de cinco mil reais, está entre os 5% mais ricos do país, e a terra plana voltou a ser uma discussão plausível, geocentrismo, deus movimentando a história em vez da luta de classes e pessoas por aí

agindo como se isso daqui

fosse o Mad Max

e se você voltasse no tempo, se eu lá em 1999 abrisse os olhos e desse de cara com um bilhete e nesse bilhete escrito assim

"em 2019 os heróis de quadrinhos serão mais populares do que nunca"

em 2019 todas aquelas histórias norte-americanas serão tão populares e conhecidas, serão cultura e internacionais e teremos até minorias vendidas conforme a pedida etc. e tal

e o melhor é que qualquer criança, qualquer ser humano que

consiga parcelar
teria acesso;

eu não acreditaria

mas

em dois meses, na passagem de ano, pelo menos 4 filmes de super-heróis com as tais mensagens lindas com sacrifício e igualdade, com sonhos e esperança e propaganda

fizeram mais de 4 bilhões de dólares só em bilheteria

boa parte do mundo assistiu

os quadrinhos são mais populares do que nunca, mas o ano é de péssimos olhos nazistas convictos de que o futuro é morte, de que o futuro é destruir, de que o futuro está nas armas e nas mãos com sangue, de que o futuro

volta:

ontem o governador Dória passou uma lei proibindo as máscaras em protestos

Watchmen

e no seu decreto protestos precisam respeitar livre trânsito de carros e pessoas, avisados com antecedência e aprovados pela polícia

Orwell

infelizmente, estamos cada dia mais distantes de Star Trek
nossas crianças amam heróis impossíveis, elas
bateriam palmas vendo o império massacrando naves rebeldes, elas
fugiriam de Hogwarts e
linchariam o Homem-Aranha, e por isso
nunca poderei esperar que vejam o valor de um Macunaíma

*

na posse do Lula

ele
andava
e andava, mas era contra a multidão que ele
andava, e gritava
do fundo da boca ele gritava e antecipava, mas quem ouvia distingue que era assim que é que saía;

> — não foge daqui, resiste, não corre daqui, não, deixa, não foge daqui, não, deixa, larga, ele dizia,

resiste! e depois já era outro, — não corre, não, não corre!, não, volta —, tocando em desespero, não sai!, e quase sempre e sempre no desespero, mas

em sua mão esquerda
também vinha
uma bela edição de A rosa do povo

só
que

adiante tem também
um, dois, três camburão, todos,
e já vêm como a quarta-feira, que já roncavam como a besta e que já eram

uma beleza, mas, no entanto, era um domingo acontecendo e nem todos os santos sabiam

pois o homem da cabaça de couro que trazia na mira entre todos
A rosa do povo
dera um belo de um sorriso antes de apertar o gatilho

* * *

■ primeira edição
■ outubro de 2022